Crapotin

Évelyne Reberg habite en Côte-d'Or. Professeur de lettres, puis bibliothécaire, elle est devenue grand-mère à temps complet. Publiée régulièrement par les revues de Bayard Presse, elle a également écrit des ouvrages édités chez Duculot, Hatier, la Farandole, L'École des loisirs, Le Seuil, Nathan et Flammarion (Castor Poche).

Du même auteur dans Bayard Poche :
Le dragon chanteur - La cochonie de vacances
(Les belles histoires)
C'est la vie, Julie - La vieille dame et le fantôme -
Les Lili Moutarde - Un diable au garage Grog -
La bibliothèque ensorcelée - Berlingot a disparu -
La belle endiablée - Le royaume des devinettes -
P'tit Jean et la sorcière - Le château hanté -
L'auto fantôme - Hurlenfer (J'aime lire)

Jean-Louis Besson est né en 1932 à Paris. Il a suivi les cours des Métiers d'art, puis collaboré avec des agences de publicité. Passionné par le dessin, mais aussi par les grandes inventions et les costumes, il a souvent écrit et illustré chez Gallimard des livres sur ces deux sujets, ainsi qu'une histoire de France.

Du même illustrateur dans Bayard Poche (J'aime lire) :
Les tortuléons arrivent - Mystère et chocolat -
Les jumeaux du roi - Sauvons la maîtresse -
En route pour hier

Bayard Éditions est une marque
du département Livre de Bayard Presse

ISBN 2.227.72727.6

Crapotin

Une histoire écrite par Évelyne Reberg
illustrée par Jean-Louis Besson

BAYARD ÉDITIONS

1

Une merveille en plus

Votre frigo perd ses clous ?
Vos w.-c. inondent tout ?
Appelez Jacky Réparetout !
Il rafistolera tout.

Dans le pays, la camionnette jaune de Jacky se remarque de loin. Oui, Jacky répare tout. C'est un bricoleur de génie.

Sa maison ? On dirait celle d'un magicien un peu zinzin, car il a installé des gadgets dans tous les coins.

Le matin, par exemple, Jacky ne se lave pas : non, c'est sa Papouillette qui s'occupe de lui. Mmm... Rien de tel qu'une douce Papouillette qui vous réveille en vous faisant des câlins.

La maison est bien tenue puisque c'est la Ballochette qui fait le ménage : elle se faufile partout pour dénicher la saleté. Puis, quand elle s'est bien empiffrée de poussière, elle va sagement digérer dans son coin.

Et essayez donc l'escalier de Jacky ! Si vous êtes fatigué, zioup ! l'escalier à Giclette vous propulse d'une marche à l'autre. C'est excellent pour se masser les pieds.

Un jour, Jacky déclare :

– Et maintenant, il ne me reste plus qu'à fabriquer un robot futé capable de contrôler tous mes bidules. Il sera le grand inspecteur de la maisonnée.

Et il crée un merveilleux petit robot qui sait tout, vraiment tout faire. Quand il est fini, Jacky murmure :

– Quel nom te donner ?

Le robot sautille sur ses trois pattes télescopiques*. Il est coiffé d'un chapeau en plastique, il a le ventre comme un petit bidon. Jacky propose :

– Clochetin ? Bidonnard ? Crapotin ?

Le robot fonctionne bien. Il répond :

– Je serai Crapotin, puisque je saute aussi bien qu'un crapaud. Compris ?

* Ce sont des tubes qui s'emboîtent les uns dans les autres.

2

Lola, oh, Lola !

Du matin au soir, maintenant, le robot palpe, le robot mesure, le robot rabote, pour aider Jacky à créer ses engins. Tac-tic-tac ! Tac-tic-tac ! Il parcourt la maison, il vérifie les bidules et il donne son avis sur tout...

Un jour, Crapotin dit à son maître :

– La Friandinette que tu as installée hier dans la cuisine, elle est nulle.

– Pas du tout ! dit Jacky.

– Mais si ! À midi, elle t'a servi du ragoût cru et des frites au chocolat. Tu trouves ça normal ?

Le robot s'éloigne en marmonnant :

– Elle déraille, cette Friandinette : forcément ! puisque le patron déraille aussi...

Jacky soupire :

– Ce Crapotin, quel as ! Rien ne lui échappe... Eh oui, je fabrique n'importe quoi depuis que je pense à Lola. Il faut bien l'avouer, je suis amoureux ! Lola, oh, là, là ! Dire qu'elle n'est même pas belle. Elle est trop grande, et maigre comme un bout de planche. Oh, Lola !

Lola est la voisine de Jacky. Parfois, Jacky essaie de lui parler. Il la regarde, il lui dit :

– Vous avez vu, c'est le printemps !

Elle ne répond même pas, elle rit. Elle rit tout le temps. C'est difficile de dire qu'on l'aime, à une fille qui rit comme ça.

3

L'invitation de Jacky

Et voilà. Jacky est amoureux. Il ne fait plus rien. Dès qu'il rentre de son travail, il se couche sur son lit et il regarde le plafond. Le robot le tire par le pantalon :

– Maître, on ne fabrique plus rien ? Même pas un petit machin-chose à roulettes ?

– Chut ! Je réfléchis..., dit Jacky.

Soudain, il se redresse, il gémit :

– Crapotin, il me faudrait un poème d'amour. Hélas ! Pauvre de moi, je suis nul en poésie.

– Pas de problème, dit le robot. Tu sais bien que je suis « tous programmes ». Écoute un peu !

Il se plante devant Jacky, il roule des yeux, fait un bruit d'engrenage, et soudain il rugit :

Lola, tu es belle comme un tomate,
Tu es gaie comme un poivron,
Tu es fine comme une pelure d'oignon...

– Ça suffit ! crie Jacky.
Lola n'est pas une
ratatouille...
– Ah ? dit Crapotin.

Et il lâche un petit « gnoumf ! » de dépit. Puis il dit :

– Je recommence.

Il se tait longuement, ronronne de tout son moteur, tremble sur ses pattes, puis il reprend de plus belle :

Lola, tu es ma scie à découper,
Tu es ma lampe à souder...

– Archinul ! dit Jacky. Lola n'est pas une caisse à outils.

Crapotin fait un double « gnoumf ! », accompagné d'étincelles. Il a l'air vexé. Il marmonne encore :

Lola, tu souris comme un chameau,
Tu pleures comme un petit veau...

Mais Jacky ne l'écoute plus. Il se met à rêver de nouveau.

Et le lendemain, ça continue. Quand Lola croise Jacky sur le trottoir, elle lui fait un petit salut, elle rit, c'est tout.

Et lui, il devient rose, rouge, coquelicot, puis jaune, puis vert. Il n'ose toujours pas lui dire un mot.

Un beau matin, Jacky se frappe le front:

– Je n'ai qu'à fabriquer des gadgets, exprès pour ma Lola. Quand elle verra comme je suis intelligent, elle tombera dans mes bras...

Et il envoie à Lola la publicité que voilà:

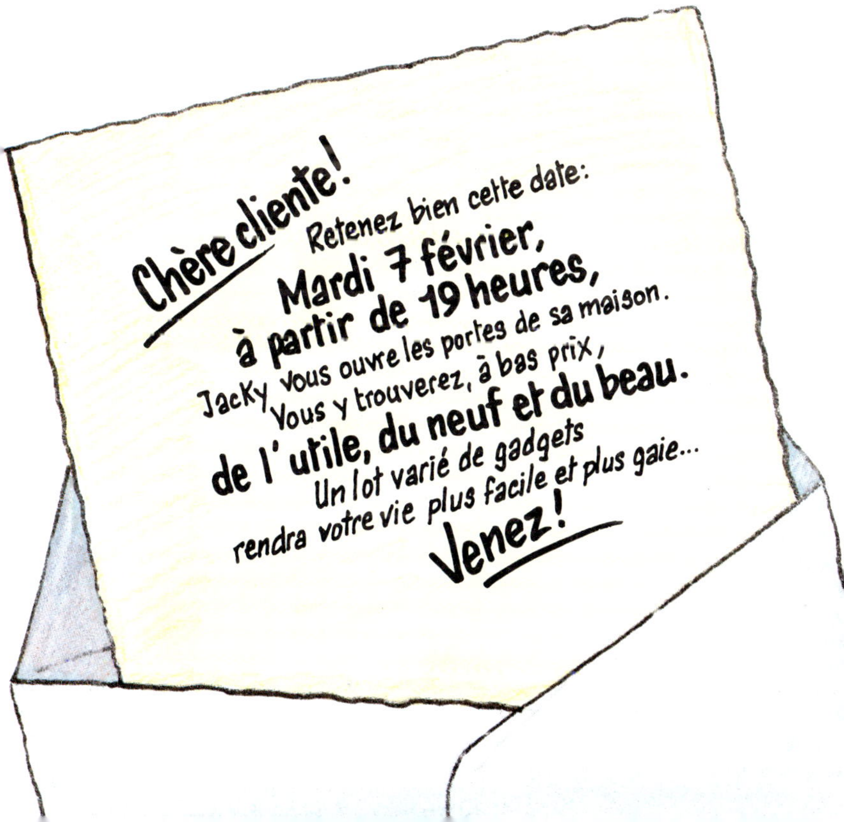

C'est décidé : il faut que la maison soit ultramoderne, étonnante, magique, depuis le portail jusqu'au toit.

– Crapotin, dit Jacky, toi qui es un champion, aide-moi. Mardi, quand Lola viendra, tout doit être beau comme... comme...

– ... Comme un escabeau, dit le robot.

4

La grande répétition

Ça y est ! La maison étincelle. Jacky attend la venue de Lola pour demain, mardi. Ils font une répétition. Crapotin va jouer le rôle de Lola, et Jacky notera sur son cahier tout ce qui ne va pas.

Le robot s'est enveloppé d'un châle pour faire plus féminin.

Dès qu'il se présente au portail, une voix chantonne dans l'interphone :

– Bienvenue chez Jacky Réparetout ! Il invente des gadgets à tous les prix, pour tous les goûts !

Crapotin avance dans l'allée qui s'illumine d'un seul coup. Puis le petit robot sautille sur les trois marches qui mènent à la porte d'entrée, et la porte de la maison s'ouvre toute seule, comme dans un conte de fées.

Crapotin entre dignement dans le salon et se dirige vers le nouveau chef-d'œuvre de Jacky : un fauteuil appelé Nuageux, parce qu'il monte, descend ; bref, il s'envole, comme un nuage. Crapotin saute dans le Nuageux, puis il se trémousse en fermant les yeux.

Il dit en prenant une voix de jeune fille :

– Je suis envoûtée ! Ce Nuageux, oh, mon Dieu !

Alors Jacky allume le Tirétoiles, l'Allume-lune, et la pièce se transforme en une espèce de mare aux fées, avec sa lune et ses étoiles qui nagent au plafond comme des poissons brillants.

C'est tellement beau que Jacky prend le robot dans ses bras et l'invite à danser.

5

Alerte à la Papouillette

Oh, là, là ! Dans une heure, Lola sera là. Jacky est très ému. Il n'ose plus bouger d'un pouce. Il ordonne :

– Crapotin, surtout, ne touche à rien.
– D'accord, chef.
– Plus un geste.
– D'accord, chef.
– J'ai tout vérifié. Tout fonctionne.
– D'accord, chef.

Mais le robot rouspète en lui-même : « Il me tape sur la cloche avec son *Tout fonctionne*. C'est moi l'inspecteur ici, non ? »

Et il décide de partir en inspection. On ne sait jamais... Tac-tic-tac ! Tac-tic-tac ! Il court sur ses trois pattes, il rampe partout, on dirait un petit général qui parcourt un champ de bataille. Quand il a tout vérifié, il monte dans la chambre de Jacky, et là, il se regarde dans la glace et murmure :

– Et moi ? Suis-je assez beau pour Lola ?

Crapotin se regarde de face, de profil. Il se fait des grimaces.

– Gnoumf, dit-il, mes yeux tournicotent. Je suis vraiment magnifique.

Il se lustre* la carcasse, il ajuste son chapeau, et soudain il s'écrie :

– Je savais bien que quelque chose clochait… Je ne brille pas assez ! Oh là, Papouillette, viens donc me pomponner !

* Il frotte sa carcasse pour qu'elle brille.

La Papouillette se précipite sur Crapotin. Elle papouille les pieds du robot, elle trifouille son chapeau, elle tripote son bedon.

– Hi, hi, hi ! crie Crapotin. Arrête ! Arrête !

Et d'un geste brusque, il la lance sur le plancher.

Catastrophe ! Voilà que soudain la Papouillette se jette sur tout ce qu'elle peut trouver ! Elle se colle au plafond pour papouiller la lampe, elle papouille l'oreiller, elle papouille la radio qui se met à brailler...

Le robot a beau lui crier : « Reste ici ! », elle n'obéit plus.

Elle sort en zigzaguant de la chambre, puis elle gicle dans l'escalier, où elle dégringole et se casse presque en deux.

Le robot la poursuit en faisant des gerbes d'étincelles :

– Gnoumf ! Gnoumf ! Gnoumf ! crie-t-il. Alerte à la Papouillette ! Au secours !

Hélas ! Jacky n'entend rien, il est dans la salle de bains.

Son Coiffe-tif le peigne en avant, en arrière, d'un côté, de l'autre... Il est déjà dix-neuf heures. Jacky s'écrie :

– Crapotin ! Mets tout en route ! La musique, la lumière, la Friandinette... Vite !

– Mais... chef...! La Papou... est... folle... Elle... gnoumf... partout..., fait le robot en claquant des dents.

6

Une surprise pour Lola

Lola aussi s'est faite belle. Elle s'est fait plein de petites frisettes et elle s'est mis deux ronds de rouge sur les joues. Mais quand elle sonne, la voix du robot rugit dans l'interphone :

– Allez-vous-en ! Ouste ! Demi-tour ! Chez Jacky, aujourd'hui, on ne trouve que du cassé, du moche et du raté.

Lola se dit : « Qu'est-ce que c'est que cette publicité ? Décidément, il est rigolo, ce Jacky. »

Elle pousse le portail en riant, puis elle trébuche dans l'allée obscure. Elle gravit les marches. Derrière la porte, on entend des hurlements. Lola s'arrête.

À l'intérieur de la maison, quelqu'un crie :
– Idiot de Crapotin ! La Papouillette s'est échappée ! Elle papouille tout ! À cause d'elle, la Ballochette tousse et vomit sur le plancher ! Qu'as-tu fait ? Je vais te mettre les tripes à l'air, je vais te dévisser la tête.

Par la porte entrouverte, Lola entend des coups, des crissements, des ronflements. À l'intérieur... brrr !... tout est si sombre. Elle gémit :
– Malheur... C'est une maison de fous...

Elle s'apprête à se sauver, quand soudain la porte s'ouvre toute grande, et Jacky surgit devant elle. Il dit avec un sourire penaud* :

– Oh... Mademoiselle Lola. C'est vous ? Je... je... je m'excuse. Ma Papouillette a coupé le courant, puis elle a détraqué ma Ballochette qui crache un peu partout. Vous comprenez ?

– Euh..., dit Lola.

* Il est un peu gêné.

– Mais ce n'est rien... J'ai allumé quelques bougies. Entrez donc.

Le salon est obscur. Dans le noir, des engins gigotent comme une bande de démons. Soudain, Crapotin arrive en tanguant* avec un affreux fracas de tôle. Il hurle :

– Alerte à la Friandinette ! Elle crache une sorte de... de... mar... mar... marmelouille !

* Tanguer, c'est marcher en se balançant.

Dans l'obscurité, la Friandinette ressemble à une espèce de truc énorme, à un tank au cœur de la bataille... Elle fait un bruit de chaudière, « pch ! pch ! », tout en lançant des projectiles. La pauvre Lola, affo-

lée, se jette dans les bras de Jacky en gémissant : « Sauvez-moi ! »

– Ne craignez rien, chère Lola, dit Jacky en la serrant dans ses bras. C'est juste une petite panne de rien du tout.

Et puis, tout à coup, comme par miracle, il y a un grand silence, et la lumière revient.

Crapotin s'égosille :

– Chef, j'ai capturé la Papouillette et je l'ai enfermée dans le placard. Tout est réparé.

Eh oui ! Crapotin a couru partout, il a tout revissé, réglé, contrôlé... Ouf !

– Ce robot est un génie ! s'exclame Lola.

Et Crapotin louche de fierté.

– Ma foi... euh... oui, c'est un génie, dit Jacky.

Il a déjà tout oublié. Il est si heureux, sa Lola blottie dans ses bras.

Il lui offre une Étincelette qu'il glisse à son doigt.

– Oh ! dit Lola.

Au même moment, au-dessus d'elle, le robot allume le Tirétoiles et l'Allume-lune. Une musique s'élève, lisse comme le ciel.

– Que c'est joli ! dit encore Lola.

Ses yeux brillent comme deux étincelettes.

Le Nuageux s'approche doucement. Les amoureux s'y assoient.

– Mais... on flotte ! dit Lola.

Et elle rit. Et quand elle rit, tout devient encore plus joli.

Dans la même collection
J'aime lire

UN DIABLE AU GARAGE GROG

Pour s'amuser, un diable sème le désordre dans la ville. Tout le monde est agacé par ses diableries. Hector, un jeune mécanicien très malin, découvre la cachette du diable et lui vole ses cornes. Mais le diable a plus d'un tour dans son sac, Hector aussi.

Une histoire écrite par Évelyne Reberg et illustrée par Michel Guiré-Vaka.

LA CHARABIOLE

Petites lunettes, cartable ciré : Quentin Corbillon est un élève modèle. Il sait tout, il a 20 en tout, et il révise même ses leçons pendant les récréations. Bien sûr, la maîtresse le chouchoute... Jusqu'au cours de mathématiques où Quentin répond que les triangles ce sont des « chioukamards à gloupions... ». Depuis ce jour-là, Quentin ne parle plus que dans un incroyable charabia que personne ne comprend. Professeurs, parents, docteurs, tout le monde s'affole. Comment guérir Quentin de cette drôle de maladie ?

Une histoire écrite par Fanny Joly et illustrée par Claude et Denise Millet.

LE BOULANGER DE ROC-NOIR

Il y a deux siècles, sur l'île de Roc-Noir, Isabelle, la petite orpheline, construit une cabane dans les dunes avec ses amis… Une cabane si réussie qu'ils décident même d'y dormir. Mais Daniel, le fils du boulanger, vient les avertir qu'un fantôme à la tête coupée rôde la nuit sur la plage, au pied de la citadelle où le redoutable gouverneur de l'île tient enfermés ses prisonniers. Seule Isabelle se sent prête à affronter le danger…

Une histoire écrite par Guy Jimenes
et illustrée par Yves Beaujard.

LE ROYAUME DES DEVINETTES

Obo est un garçon si laid que personne ne veut l'aimer. Mais il joue si bien de la flûte qu'un vieillard le met au défi de délivrer Or, la divine princesse prisonnière du roi Riorim. Ce roi, mi-homme mi-crapaud monstrueux, coupe la tête de tous ceux qui ne savent pas répondre à ses terribles devinettes... Heureusement, sous la laideur d'Obo se cache une grande intelligence. Et dans sa poche, il a sa flûte...

Une histoire écrite par Évelyne Reberg
et illustrée par Mette Ivers.

Dans la série *J’aime lire* de Bayard Poche il y a plein de livres que tu vas adorer !

Des livres d’humour

***L’oncle Giorgio* (JL 10)**

L’oncle Giorgio est allergique aux enfants. Catastrophe, il est obligé de recevoir son neveu et sa nièce !

Écrit par Marie-Aude Murail et illustré par Yves Besnier.

Des livres fantastiques

***La bibliothèque ensorcelée* (JL 35)**

Ce vendredi 13, Aurore Coquille, la bibliothécaire, ne se doute pas que le livre qu’on lui demande va l’entraîner dans une véritable chasse aux sorcières.

Écrit par Évelyne Reberg et illustré par Maurice Rosy.

Des livres frissonnants

***Le mot interdit* (JL 6)**

Pas de mot se terminant en « eur ». C’est la règle du jeu. Un jeu qui peut devenir dangereux pour Thierry.

Écrit par Nicolas de Hirsching et illustré par Jean Claverie.

Des livres d’aventure

***C’est la vie, Julie* (JL 1)**

Ce matin, tout va mal, et Julie est loin de se douter qu’elle sera ce jour-là l’héroïne de folles aventures !

Écrit par Évelyne Reberg et illustré par Boiry.

Et n’oublie pas, dès 9/10 ans, les séries Je bouquine et Chair de poule !

Tous les mois, la lecture plaisir avec le magazine de ton choix

J'Aime Lire
Dès 7 ans.
Gourmand de lecture ? Dévore chaque mois dans ***J'Aime Lire,*** *un vrai roman inédit, croque les jeux de Bonnemine et savoure l'irrésistible BD de Tom-Tom et Nana.*

Astrapi
Dès 7 ans.
Lis, ris et grandis avec ***Astrapi !*** *Pour tout comprendre, ses « petits savoirs » te disent tout sur les sciences, la nature, l'histoire et la santé... Et avec ses BD, jeux, bricolages, actualités, Astrapi, c'est garanti sans ennui !*

Images Doc
Dès 8 ans.
Passionné de découvertes ? Pars avec ***Images Doc*** *à la rencontre des richesses du monde à travers de superbes documents-photos sur les animaux, l'histoire, la géographie, les sciences...*

Si tu veux recevoir un magazine en cadeau ou t'abonner, tél. : 01 44 21 60 00

Achevé d'imprimer en février 1997 par OBERTHUR Graphique
35000 Rennes - N° 640
Dépôt légal : février 1997 - N° d'éditeur 2778
Imprimé en France